天使

小島明句集

tenshi Kojima Akira

ふらんす堂

天使＊目次

句集
天使

第一章

追伸のやうに短く囀れる

さへづりのみづから空を創りけり

夕雲雀高く昇るは墜つるため

銀紙のやうな二月の海見えて

強東風に鷗傾くひかりかな

九人の一人はジャージ鳥帰る

たかぞらは無季のごとしや鳥帰る

春雲のふはり大陸移動説

神保町

春一番根雪めきたる古書の山

もう春の夢にも出でぬ人のうち

春の雪楽器を武器のごと抱へ

啓蟄や噛めばはみ出すマヨネーズ

中上哲夫氏の俳号はズボン堂なり

啓蟄やいまはパンツと云ふズボン

助手席の犬と目の合ふ万愚節

春園の木の人にして鳥の人

春水や雨の矢が射る雨の的

春光の水面に鋲を撒くごとく

アスパラのみどりの燭を木の皿に

吹き出しのやうに雲あり山笑ふ

花騒ぐ瞳を湖と思ふとき

花冷えのみどりを灯す非常口

花守にやがて肉桂色の月

桜前線二手に分くる大湖かな

花時のダイヴァー背中から海へ

ポケットの多き服なり青き踏む

朧夜のアボカド一個投げて渡す

蜃気楼見えし人から帰りけり

象のごとバス洗はるる立夏かな

ショートケーキの上の苺とその他の苺

新緑やバターになりし虎のこと

葉桜や父のカレーの具だくさん

バナナ捥ぐイヴは肋骨より生まれ

バスの席譲りそびれる若葉かな

善悪について鳥の子について

閑古鳥昼月ひとつ産み棄てて

おとなしく麦茶二杯で帰りしが
サイダーを海に返して月曜日

夏駅に猫を運べる旅鞄

まだ森の続きの涼しさに駅舎

キューピーの背に小さき羽根浮いて来い

目高となり目高の前は忘れたり

五月田にまだ手付かずの空のあり

みづうみの南の港さみだるる

梅雨の猫不覚にも喉鳴らしける

おふえりや流るる夜の蛍かな

桜桃忌寝癖の髪のままで逢ふ

黄菖蒲の飛び立つ用意ありにけり

グローブに結び目いくつ夏至の風

満開の水と思へり大瀑布

いつまでも麦稈帽の似合ひけり
日焼けして真つ白な猫抱いてゐて

ひまはりのまつりのごときまひるなる

炎天をこぼれて白き蝶のかげ

恋多き人のごとくにサングラス

サングラス描いても子規のながあたま

夕顔の蔓の吹かるるバスタオル

雷の夜の口いつぱいの歯磨粉

堤防の端居の端のどこまでも
蜥蜴見し心が濡れてゐるうちに

夏蝶の輪郭定まらず吹かる

アロハ一名Tシャツ一名円卓に

水鉄砲殺意はひそやかに温み

胴長の猫とパセリの使ひ道

叔母さんの胸尖りけり甲虫

夏痩せて肋は鳥籠と思ふ

西日の窓あかあかと謀叛のごとし
瞑れば楚歌のごとくに蟬時雨

桃食んでいつかは母となる軀

秋草に屈みてふたへまぶたかな

飛蝗跳ぶまたも真顔で冗談を

礫像の鼻梁鋭し花木槿

ひたひたと月の光のははそはら
満月や光も老ゆることあらむ

野菊揺れやまず神話の王の指

聖痕のたとへば雨の曼殊沙華

サックスの首の湾曲十六夜
秋うららギターケースの傷だらけ

覆はれてあるは九月の金管楽器《ブラス》かな

秋晴れのウッドベースを抱へ来る

その家のカルピス濃ゆし秋簾

石榴割る右半球のやや重し

花野いま翼より鬣《たてがみ》が美し
この蔓を引かばどの烏瓜灯る

秋の波のやうに文庫の捲らるる

初氷ホームベースのごとく提げ

焚火師といふものあらば我らとや

ワイパーの死角の雪が気に掛かる

凍蝶を毀さぬやうに掌に

狐とはああこんなにも痩せてゐて

ひとつまみほどの冬星天主堂

中洲めく三番ホーム冬夕焼

白鳥に光る石飲ませてみたし
風花や悲しみのなほ明るくて

革ジャンの鋲に十二月のひかり

祝婚や葉牡丹の葉の密にして

戻れぬと知りつつ冬の虹くぐる

惨劇に似て山積みのスケート靴

冬林檎ジャングルジムは天使領

冬木の芽この空青すぎはせぬか

粗塩を振る荒星の光振る
これよりは火を待つのみの枯野かな

極月のバケツの水を裏返す

初春の空を行つたり来たりかな

第二章

六ツ足に六ツの光やあめんばう

夏来たる野菜スープの透明度

抜け道は風の知りたる若葉かな

中の池まで薫風の案内かな

風止んで莢豌豆のみどりの裳

鉄線のやうやう風の高さかな

母の日のなんぢやもんぢやの花を見に

木漏れ日のまだら曼陀羅夏蝶来

アカシアの花まみれなるボンネット

水上の雨を感じて花藻かな

五月雨や珈琲で飲む風邪薬

梅雨寒のエレベーターといふ個室

月島や猫の目のある五月闇

千駄木や猫も端居といふものを
六月の舌に載せたる切手かな

涼しさのどこかにからすうりの花
前世のわれに逢ひたき昼寝かな

傾ぎをり地軸もビーチパラソルも
頑なに過去は語らず心太

睡蓮に昏き不眠の幾夜ほど
ナイターの打者ゆつくりと走りだす

先生と逢つてお鮨を食べただけ

違ふ星指差してゐて夏の山

瀧といふ淋しさに突き当たるなり

すれちがふ声の空似や宵祭

イエスてふ干草の香の男来て

玫瑰《はまなす》へ単純な道ありにけり

空蟬の砕けてものを思ふころ

行く夏の猫の寝床の変はりけり

野の果てのこの明るさを初秋と
たましひもおほよそ水と知る秋ぞ

桃三つ二つは返さねばならず

花火屑おほむね紅き棒であり

有つて無きやうな約束衣被

一昨年の西瓜事件を会へばまた

棒立ちの泡立草の時間かな

水溜まりありて渡れぬ萩の道

新涼の煙草の箱の駱駝の絵
鰯雲ゆふべは沖に帰るらし

橋脚に貝びつしりと星月夜

十字架のごとく案山子を負ひゆけり

曼殊沙華飛び火の如く二三輪

曼殊沙華はや結び目を解くやうに

台風の少し混じりし風の色

ごはごはの二百十日の卓布かな

芒原みな去りてみな此処にゐる

薄原念力薄れゆくごとし

火を待つや南瓜は暗き眼窩もて

秋の蝶飛ぶとは影を截つことよ

花野道遠きまなざしにて問はる
杉の実や右手つなげば左手に

十月のひかりが水を濡らすこと
塩入れの目の詰まりたる寒露かな

あだし野にぼらんと月の出でしかな

月星といふも石ころ露けくて

葛紅葉挟みし巻を忘れけり

鵯にそのまま行けと海の風

とんぼうの風に躓くことのあり
鬼の子の瞑りて数かぞへしや

しづかなる犬の晩年吊るし柿

猫じやらし海よりの風使ひきり

鷹渡る薄墨色の風の道

神山の分厚き冷えの中に在り

つはぶきのひとかたまりのひかりかな

枯れ切つてただこれしきの菊の嵩

いま抜きし大根明かりで帰りけり

蔵町に売らるる冬の金魚かな

明け方の地震《なゐ》に目覚むる時雨かな

キーウイの繭の中なる風の音

ラグビーの大きな空の残りけり

スケートの輪の中にもう見当たらぬ

囚はれの冬空青しジャングルジム

冬銀河見下ろすやうに見上げをり

日向ぼこ誰もがバスを待つやうな

日向ぼこ前世は水でありしよな

水鳥のほどよき距離を保ちをり

十羽まで数へて冬田過ぎ行けり

冬霧や坂を下れば坂に出て
木守の胆汁色に暮れにけり

この家の鏡の数や狐啼く

キッチンに輪ゴム殖えゆく寒卵

地下鉄のC5出口のオリオン座
路線図の色とりどりの寒さかな

水仙や棺めきたる夜のピアノ

万両をちよつとにぎにぎしてみたり

遠浅の空と思へり寒桜

ほほゑみのごとくに冬の梅林は

みづうみの闇を車窓に去年今年

シャッターに雲の絵のある初荷かな

野焼の香残れる髪もそのままに

謹呈の栞古書より春時雨

しばらくは菜の花沿ひの線路かな

師・白川宗道三回忌
春雪の粥たてまつる墓もがな

鶯や坂の上なる女学院
みづうみに島ひとつある霞かな

天気雨花種蒔かれゐるごとし

鍵束に使はぬ鍵も鳥帰る

残る鴨引く鴨水輪交へつつ
歌ふより聴くのが好きで蛤に

耕の豆九列を植ゑにけり

淡海の鱒は桜で燻すべき

武蔵野の空に桜の沈澱す
出所の分からぬ花びらも交じる

夕桜線路と河と岐れけり

筆ペンの滲み易くて春の夜

黄金週間てふ隧道に入るごとし

天文台行きのバス待つ春の雨

第三章

聖フランチェスコの小鳥来たりけり

聞きしまま伝ふる木の名秋はじめ

送り火が秋蝶ほどに見ゆるまで

流灯の彼岸此岸の入れ換はる
虫籠と小さき自転車置き去りに

桃食べて次の誰かを呼びに行く

二三日過ぎて気づける帰燕かな

冷ややかに老木の傷馨りけり

爽ややや巨樹に魂あらずして

長き夜の虎猫の尾の曲がり尾の

水澄みて且つ水音の澄みにけり

橡の実の三つ出でたる旅鞄

橡の実の拾はれずあり拾ひけり

晩菊の頃をしばしば通ひ猫

啄木鳥の一日置きに来たりけり

紅葉して大幹に血の満つるとき

寒がりの人に手渡す実むらさき

草の実や傘差すほどの雨でなく
街灯に群るるごとくに秋の雨

なきがらのひとつくらゐは薄原
芒より出で来て中くらゐの猫

木犀の香の結界を脱け出せず

秋晴や池に届かぬ塔の影

山里は茅の厚みの眠りかな

草の名のやさしさに秋闌けにけり

その道のからすうりにも触れてゆく

冬立つやにがりの混じる空の色

二十階あたりで冬に入りにけり

梟に一瞥さるる風の街

駅の名のふたつ気になる冬の旅

ラガーとも山男とも見ゆるかな

冬麗の空と海との折り目かな

冬麗の岬に風の蒐まり来

寒禽のひたすら風に乗る遊び

鳶一羽冬天を統べ死者を統べ

降る雪や塔消え塔に続く道

木琴を叩けば冬の音なりけり

狐呼ぶ笛などあらむあらば吹く

ともすれば雪合戦の囮役

老女抱く夢に目覚めて冬の月

飯炊くや鶴に戻れぬまま老いて

煮大根の飴色濃かり親不孝

日の翳る方へ方へと冬の水

歳月の寝顔にありし障子かな

祖母ゐると思ふ障子を開きけり

寒桜うすむらさきに見ゆるかな

冬桜しばらく避けて降りゐしが

寒星や夜もくつきりと山の影

冬星の落丁つづく街の空

立錐の冬の森あり神社あり

冬の湯に翁の臀の嗤ふごと

予報にはなき水仙の雨の音

冬深し吃水線の臙脂色

寒紅のこころもとなき二十歳かな

春隣粥食ふための中華街

乃木坂の子と教はりし春着かな

夕焼けてをらむ恵方の雲の裏

松過ぎのがらくた市に水枕
遥かなる野火のはためき告げんとて

梅の香やときどき風を乗り換へて

犬深く埋め浅きにものの種

一巻の欠けた全集春休み
全集の全一巻のあたたかし

昼月の流されてゆく木の芽かな

大阪の猫を見てゐる彼岸かな

菫野にやや目の慣れて来たりけり

親戚はおほかた西に春紫苑

三匹の子猫産まるる五色かな

遠足のおやつ買ふにも集ひけり

ピンホールカメラの中の花曇

卵白のずるりと飯に花ぐもり

囁きや花びらいつせいに流れ

山吹の散りぬるお墓ありにけり

春深き野外音楽堂に雨

春水のつぶさに空を記憶せる

夏近し玉虫色の鳩の首

稜線を月の転がるほととぎす

朴咲いて修羅の錆噴く鉄扉かな

刺しちがふ赤翡翠とその影と

蚕豆の小振りなりしを三回忌

蛍火の中のひとつの煙草火よ

呆けたる脳のごとくに紫陽花は
梅雨空の傷みやすきに鵯の声

木の葉木菟鳴くや迷子になりたしや

時の日の床屋のしるし廻りけり

夏草や城跡からも城見えて
一字の灯の点りきる早苗かな

本郷や金魚に鬱の大頭

夜更かしの好きな金魚でありにけり

すつぽんを皆で見てゐる暑さかな

蓮池に大小の石小に亀

うすものの思はぬひとに逢ひにけり

かの日かの心変りの氷水

夏木立見つかるやうに隠れけり

眼鏡屋の眼鏡涼しく見ゆる頃

灯してみたき日暮の蝉の殻

鳴き止みて蝉のそのまたうへの蝉

蚊遣してけむりのごとく老いゆかな

永遠の二乗の後の昼寝覚

第四章

定型の冬（樹の中に樹は眠り…）

むつかしき猫の耳たぶ冬に入る

立冬や禁帯出の地名辞書

寒雷や天に古傷あるごとし

冬来たる制服に喪の色深し

この人とゆくべき冬の泉かな

さらに小さく水鳥を描き足せる

猟犬のまだ帰り来ぬ南窓

戻り来し一人はすでに狐の眼

ひひらぎの花と思へど云はざりき

石の家　土の家　凩の家

灯台のもとの暗がり石蕗の花

をちかたに島てふ山の眠りけり

なみなみと太平洋に冬の水

一日が一日過ぎて冬の海

冬鷗よこしまな眼で甘えをる

冬晴や小鳥交じりの海の風

港まで時雨の後の黒き道

空港に着くまで毛糸編んでをり

冬帽のさつさと行つてしまひけり

美濃は雨近江は雪の赤蕪

現世はたまたま人でふくと汁

冬暖か飛球に野手の集まれる

冬蠅の小さき影あり死後もあり

寒月や暗渠がつなぐ川と川

靴先の氷の下の水動く

冬の蚊の打たれに来たる句帳かな

冬青空ぱたんと閉ぢて逝きしかな

失ひしもののかがやく冬の蝶

われ思ふ故に冬星あるごとし

掌に水のやうなる冬日かな

まだ何か隠してゐたり冬木立

雨音のふいにあかるき枯野かな

測量の棒持つ人や棒に冬

白鳥の灯れるごとく暮れにけり

読初めの推理小説推理せず

あらたまの甍の上をモノレール

今更のやうに本読む春時雨
山国の総出の星をぶらんこにて

遅き日の病院坂を登りけり

麗らかや匙にざらめの琥珀色

春驟雨がらくた市を冷やかして
瞑りて花びらに頬打たせゐる

幽霊の少し太りし桜どき

花の色すでに容を離れけり

湖国の湖の残んをかぎろへる

春光も死も薄皮を被りたる

藤棚の下にしばらく傘差さず
駅の名は大学の名や花水木

素泊まりの宿なる椿明りかな

落椿蘂の金粉零れざる

異国語のごとく青葉のざわめくも

愛鳥週間誰でも何かは料理上手

明け方の大葉桜の羽づくろひ

薫風のそこより別の緑かな

約束もせず鮎釣りの話かな

簗番のそれらしき事言うてをり

鎌倉へ日傘に宥す通り雨

ものみなに風吹いてゐる昼寝かな

鮑喰ふ岬に昼と夜の雨

大幹に大幹の影半夏生

涼しさや図鑑の魚の同じ向き

海の日のなかりし頃の海の青

信号の青の小人も夏帽か

白靴の一足先に着きにけり

返事まで少し間のある夏館
女子会とおぼしきサマードレスかな

寝転べば夏星の粒そろふ頃

ユンボーの手の招きゐる夏野かな

指でとる猫の目脂や夏の風邪

破蝶の難なく越ゆる葎かな

雷鳴の方へ自転車漕いでゆく

窓際の席より埋まる夕立かな

夕立の坂乾く間も夕焼けて

地下道が近道といふ残暑かな

いぬたでもぼんとくたでも知つてゐて
原爆忌アスパラガスの実の赤き

三階の人と目の合ふ花火かな

水湧くは風湧くところ蓼の花

草市を抜け来し風の行方かな

送球は花野へ打者は三塁へ

ありあけの星から星へ渡り鳥

鶍《はいたか》に吹くべき風の吹きにけり

紅葉の肩にはぐるるひかりかな

紅葉てふ大きな水の仕事かな

鶫鳥の逆髪吹かるみちのおく

藁塚の空から落ちて来たやうな

多く聞き少し話しぬ新豆腐

新米に仄暗き舌見せ合へる

石狐秋思の耳の欠けてをり

窓ありて窓開かるる十三夜

秋灯や猫には猫のそぞろ神

金網の隔つる猫と猫じやらし

鳥々の声聴くことも冬用意

鶺鴒の呪文短く飛び立てり

猫さんという俳人

詩歌は、人生そのものだ。

猫さんがJ句会にはにかみがちな笑顔を見せたのは、二〇〇五年のことだった。J句会は俳人の故白川宗道が主宰する詩人と俳人とが混在する少し緩い句会で、猫さんはその存在をインターネットで知ったらしい。

ビギナー揃いの詩人たちのなかにあって、猫さんは俳句の造詣も深くて、句会ではいつも高得点をとっていた。明らかに、凡庸な句を詠むことの多かった詩人たちとは頭ひとつ抜け出ていた。

猫と一緒に暮らしていた愛猫家らしく、実際、猫の句も多い。

夏駅に猫を運べる旅鞄
日焼けして真つ白な猫抱いてゐて
むつかしき猫の耳たぶ冬に入る

秋灯や猫には猫のそぞろ神

長き夜の虎猫の尾の曲がり尾の

吉祥寺から隣町の三鷹に引っ越すとき、「猫可」という物件を見つけるのに苦労した話は、いかにも猫さんらしいエピソードだ。

猫さんとの交遊は、句会にとどまらず、荒川を越えて、当時、坂道／媛だいこの二人が住んでいた川越のマンションで行われていたアメリカ詩の読書会へと及んだ。英語の得意でない詩人たちもいるなかにあって、ここでも猫さんの博識と語学力は大きな戦力となった。わたしを感嘆させたことも一度や二度ではなかった。読書会が終わると、和気藹々と会話やお酒や料理を楽しんだり、近くの入間川の河原をおしゃべりしながら散策したりした。そんなとき、親し気な素顔を見せることもあった。楽しい思い出だ。だんだん個人的な話も少しずつするようになって、彼の生い立ちや暮らしぶりの片鱗に触れることもあった。初めは、猫さんの本名さえ知らなかったのだ。ほんとの話さ。

葉桜や父のカレーの具だくさん

母の日のなんぢやもんぢやの花を見に
桜桃忌寝癖の髪のままで逢ふ
恋多き人のごとくにサングラス
多く聞き少し話しぬ新豆腐
夜更かしの好きな金魚でありにけり
寒紅のこころもとなき二十歳かな
六月の舌に載せたる切手かな
先生と逢つてお鮨を食べただけ
冬の湯に翁の臀の嗤ふごと
焚火師といふものあらば我らとや
万両をちよつとにぎにぎしてみたり

猫さんは口数の多い方ではなかったけれども、親しく話をするようになると、冗談もいった。物知りでもあった。俳句に関しては真剣で、見識も持っていて、わたしはいつも彼の話に耳を傾けたものだった。彼の句を読むと、ウィットやユーモアがあって、わたしはそこに温かな人柄を感じたものだ。俳句は、意外と作者が透けて見える文芸なのだ。難解な所はほとんどなくて、俳句になじみのない者にもじゅうぶん楽しめる句たちだと思う。

彼の俳句に対する真摯な姿勢は、詩人たちが主力のJ句会では満足できなかったのではないだろうか。俳句に関しては、詩人たちとの間に多少の温度差があることをわたしも感じていた。一方、内外の詩にも通じていて、彼は詩や詩人という存在に親近感を持っていたのだと思う。でなければ、なんで詩人たちと一緒に吟行をしたり、詩人たちと一緒にアメリカの詩を読んだりしただろうか。われわれはそんな彼が好きであった。

猫さんは詩も書いているのではないかと、わたしはひそかにそう思っていたけれども、今回そのことは確かめられなかった。わたしの願望だったのかもしれない。

とまれ、猫さんとの交遊は忘れ難い楽しい思い出だ。そして、句集という贈り物を置いていってくれたことになによりも感謝したい。

（2021・8・4）

ズボン堂こと　中上哲夫

付記

「ねまき猫」はJ句会での小島明さんの俳号。初期の他の句会では「猫じゃらし」の号も使っていたようだ。私たちは親しみをこめて彼を「猫さん」と呼んだ。三月のある日、その彼から久しぶりにメールをもらった。

「……膵臓に腫瘍があることがわかりました。……残された時間がどれくらいあるかわかりませんが、最後に句集の一冊くらいは遺していきたいという思いもあり、いろいろと相談に乗っていただけるとありがたいです。」

ふだんは寡黙な猫さんが、この日から少しずつ静かに自らを語り始めた。

「……敬愛する俳人たち（安東次男、飯島晴子、攝津幸彦、田中裕明など）と、個人的な対話を続けるようなつもりで、細々と句作を続けてきました。」「入院してから『ことばの日々』が始まりました。今はそのことに不思議な高揚感があります。ことばを書くこと、考えること。ああ、僕がしたかったのはこういう生活だったんだなって改めて気づかされます。」

私は、彼の「ことばの日々」が少しでも長く続くことを祈るしかなかった。

四月末、ネットＪ句会夏雲システムの披講のあとの談話室で、彼は次のように書いた。公の文章の形で作句について語った、最初で最後の言葉だった。

……けれど、例えば芭蕉の

閑かさや岩にしみ入る蟬の声

の句を読んだとき、読者はそこに「ひりひりとするような現実との摩擦感」を感じないでしょうか？　眼前にある日常の世界から、ふだんは隠されている事物の本質をつかみ取ろうという姿勢に、スリリングな精神の冒険を感じとらないでしょうか？　……俳句に詠んでいいのは「一見どうでもいいことのように見えて、実はどうでもよくないこと」だけです。僕が俳句を詠む人に望むのは、突き詰めればそれだけであり、僕の言う切実さとは、そういう意味だと理解していただけるとありがたいです。

自句をすべてテキスト入力し、句集のための選を済ませ、最後の原稿校正を終えた数日後、俳人・小島明は息を引き取った。病気がわかってからわずか二か月半だった。

二〇二一年八月

句集編集協力　J句会・木履こと　関　富士子

2007年入間川にて（撮影　木履）

作者紹介

小島　明（こじま・あきら）

1964年、滋賀県愛知郡湖東町（現東近江市）生まれ。早稲田大学文学部仏文学科卒業。

2004年頃から、夏井いつき氏のラジオ番組「夏井いつきの一句一遊」、メールマガジン「俳句の缶づめ」に投句を始める。

2005年に白川宗道氏主宰の「J句会」に参加。中上哲夫氏、関富士子氏等、多くの詩人と親交を持つ。所属結社なし。

2021年5月、膵臓癌のため逝去。享年56

連絡先　〒527-0136
滋賀県東近江市南菩提寺町124番
小島知子（続柄　妹）

句集　天使　てんし

二〇二一年一一月二四日　初版発行

著　者――小島　明

発行人――山岡喜美子

発行所――ふらんす堂

〒182-0002　東京都調布市仙川町一―一五―三八―二F

電　話――〇三（三三二六）九〇六一　FAX〇三（三三二六）六九一九

ホームページ　http://furansudo.com/　E-mail　info@furansudo.com

振　替――〇〇一七〇―一―一八四一七三

装　幀――和　兎

印刷所――日本ハイコム㈱

製本所――日本ハイコム㈱

定　価――本体二五〇〇円＋税

ISBN978-4-7814-1421-8　C0092　¥2500E

乱丁・落丁本はお取替えいたします。